MATT　T. K.

MONSTRES
DIGIMON
VIRTUELS
VOLUME 2
MC

L'ALBUM OFFICIEL

Ellen Patrick

Adaptation française :
Le Groupe Syntagme inc.

Les éditions Scholastic

ISBN 0-439-98656-7

Titre original : The Official Digimon Scrapbook, Volume 2, Matt et T. K.
SCHOLASTIC et ses logos associés sont des marques de commerce et (ou) des marques
déposées de Scholastic Inc.

Édition publiée par Les éditions Scholastic, 175 Hillmount Road, Markham (Ontario) L6C 1Z7.

12 11 10 9 8 7 6 5 4 3 2 1   Imprimé au Canada   01 02 03 04 05 06

SALUT, C'EST NOUS, MATT ET T. H.!

Tsunomon

Gabumon

Garurumon

Je m'appelle Matt, et mes amis Digimon sont très puissants. J'ai bien hâte de te les présenter!

Tokomon

Patamon

Angemon

Moi, je m'appelle T. K. Mes Digimon s'occupent tellement bien de moi! Je ne sais vraiment pas ce que je ferais sans eux.
Maintenant, laisse-nous te faire découvrir le Digimonde!

DEUX FRÈRES!

Parfois, on a peut-être l'air un peu effrayés, mais quand on essaie de protéger le monde contre de méchants Digimon, il y a de quoi être terrifiés!

Voici quelques trucs que tu dois savoir à propos de nous :

MATT

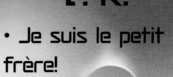

T. K.

MATT

- Je suis le plus vieux!

- On dit que je suis cool.

- Je n'aime pas qu'on me donne des ordres.

- Les filles aiment les gars comme moi — durs, cools et beaux garçons!

- J'adore jouer de l'harmonica.

- Comme nos parents sont divorcés, je ne voyais pas souvent T. K., jusqu'à ce qu'on se retrouve dans le Digimonde. Maintenant, je n'ai pas le choix de supporter cette petite tache!

T. K.

- Je suis le petit frère!

- Je suis peut-être petit, mais je déplace de l'air!

- Je vais lui montrer, à Matt, que je peux être aussi dur que lui. (Même si, parfois, je pleure un peu.)

- Je ne suis pas sûr d'aimer le Digimonde tant que ça, mais je suis content d'être avec Matt.

- Et je suis vraiment content d'avoir nos Digimon!

- Je ne sais pas si Matt s'ennuie de papa, mais moi, je m'ennuie de maman.

NOTRE ARRIVÉE DIGIMONDE!

« Dans le ciel, il y a comme un court-circuit! » — Matt

DANS LE

Au camp d'été, on s'amusait comme d'habitude, puis il s'est mis à neiger.

Des trucs brillants nous sont tombés dessus, et quand on les a ramassés, oups! on s'est retrouvés ici!

TSUNOMON NOS AMIS

« Je m'appelle Tsunomon, et je suis enchanté de te rencontrer. Je suis très loyal. »
— Tsunomon

ET TOKOMON, DIGIMON

Juste après notre arrivée dans le Digimonde, de drôles de créatures sont venues nous rencontrer! Maintenant, Tsunomon est le protecteur personnel de Matt et son meilleur ami Digimon. Et c'est la même chose pour Tokomon et T. K.

Tsunomon et Tokomon sont des Micro-Digimon ou, si on veut, des « bébés Digimon », ou encore des Digimon au niveau « Entraînement ».

En fait, quand on s'est retrouvés pour la première fois dans le Digimonde, tous nos Digimon étaient des Micro-Digimon, c'est-à-dire des Digimon au niveau « Entraînement ».

« Nous sommes des monstres virtuels Digimon! » — Les Digimon

NOS AMIS
LEURS BONS

Cinq de nos amis se sont retrouvés dans le Digimonde avec nous! Les voici, avec leur Digimon!

Sora et Yokomon

Tai et Koromon

Mimi et Tanemon

HUMAINS ET DIGIMON

Izzy et
Motimon

Joe et
Bukamon

TAI est notre chef — c'est un garçon très brave. Son Digimon Koromon est un dur, lui aussi. Mais surtout, il réfléchit beaucoup.

MIMI se prend un peu pour une princesse, mais on l'aime quand même. Son Digimon Tanemon est léger et un peu foufou mais, crois-le ou non, il aide Mimi à garder les deux pieds sur terre!

SORA est la voix de la raison. Elle nous surveille tout le temps. Son Digimon Yokomon essaie de l'aider à relaxer.

IZZY est notre génie informatique bien à nous. Il VIT presque dans son ordinateur! Motimon, son Digimon, l'aide à garder un pied dans la réalité.

JOE s'inquiète de... eh bien, de tout! Bukamon est vraiment le Digimon qu'il lui faut : relax et toujours prêt à s'amuser.

TSUNOMON ET DIGIVOLUENT!!!

Tu sais ce qui est super à propos des Digimon? Ils peuvent DIGIVOLUER en guerriers plus gros et plus puissants!

Ils passent du niveau « Entraînement » au niveau « Disciple »! Quand nous sommes en danger, les Digimon évoluent en une nouvelle forme améliorée pour nous protéger, grâce à nos « Digitrucs », ces trucs brillants qui nous sont tombés du ciel.

Tsunomon digivolue en Gabumon!

TOKOMON

パタモン

PATAMON

Et Tokomon digivolue en Patamon!

NOS DIGIMON SECRÈTES!

Dinoflamme Bleue!

Gabumon se bat contre le mal et les méchants Digimon à l'aide de son arme secrète, une puissante flamme bleue qu'il crache de sa bouche aussitôt que Matt se met les pieds dans les plats! À ce moment-là, Gabumon s'écrie : « DINOFLAMME BLEUE! ».

ONT DES ARMES

Bulles-Tonnerre!

Patamon a une arme secrète : les formidables BULLES-TONNERRE qu'il arrive à souffler! Ces BULLES-TONNERRE sont si puissantes qu'il disparaît parfois lui-même simplement en les soufflant!

NOUS AVONS AUSSI NOTRE ARME SECRÈTE

UN MESSAGE DIGISECRET*

*Pour le lire, tiens-le devant un miroir.

La toute première trace d'un Digitruc a été retrouvée sous la forme d'un ancien symbole sur la paroi d'une grotte située sur le continent de Server.

Aucun doute : les Digitrucs de Tai et de Matt les ont aidés à extirper les Forces noires des griffes de Leomon.

NOS DIGITRUCS

Ancienne arme mystique, le Digitruc est activé lorsqu'on a des problèmes ou qu'on a besoin d'aide!

Nos Digimon en ont grand besoin pour digivoluer en une forme plus évoluée, comme le fait ici Gabumon!

Grâce à nos Digitrucs, Gabumon digivolue en très puissant Garurumon — le niveau des Champions!

À BAS LES

ATTENTION AUX FORCES NOIRES

Le nombre de ces Forces noires, qui n'attendent qu'à transformer les bons Digimon en méchants, semble ILLIMITÉ...

FORCES NOIRES!

Mojyamon
Juste au moment où Matt et Tai se croyaient en sécurité dans le Pays de glace, ce gros patapouf s'est pointé. Mais Garurumon et Greymon les ont sauvés juste à temps!

Whamon
Whamon nous a tous avalés pendant notre voyage vers le continent de Server! Heureusement, nous lui avons enlevé sa Force noire, et il nous a emmenés dans un super magasin sous-marin.

Drimogemon
Tout de suite après, il a fallu combattre ce monstre sous l'eau. Avec l'aide de notre équipe de Digimon, nous avons finalement réussi à lui retirer sa Force noire.

LE SAUAIS-TU?

• Les Forces noires fonctionnent sous terre, sur l'ordre de Devimon, la force démoniaque qui les dirige.

• Plus il y a de Forces noires insérées dans un Digimon, plus il deviendra gros, puissant et méchant.

• Les Forces noires brisées peuvent se réparer toutes seules et sont contrôlées par Devimon.

• Sur l'île des Fichiers Binaires, on trouve une montagne de Forces noires.

• Lorsque les Digimon sont fatigués, ils se débarrassent moins facilement des Forces noires.

• La lumière des Digitrucs attire les Forces noires à l'extérieur des Digimon.

• Seuls les Digidestinés peuvent faire fonctionner les Digitrucs.

NOS EMBLÈMES

Matt :

Amitié

T. K. :
Espoir

Nos emblèmes sont comme des Digitrucs, sauf qu'ils sont encore plus puissants! Ils aident nos Digimon à digivoluer pour passer à un niveau plus élevé. Matt a trouvé son emblème au fond d'un puits pendant son séjour à Piximon!

UN MESSAGE DIGISECRET*
*Pour le lire, tiens-le devant un miroir.

Avec l'amitié et l'espoir, toi aussi, tu peux être plus fort!

LES COMBATS LES PLUS JAMAIS VUS

Nous n'oublierons jamais la fois où ce diable de Kokatorimon a transformé tous nos Digimon en statues de pierre! Mais on a fini par le vaincre!

« Matt, sois prudent, sinon le monstre va t'attraper. » — T. K.

EXTRAORDINAIRES

« Hé, le lézard, par ici, espèce de grande échalote! »
— Matt

Et une fois, on croyait vraiment que Seadramon avait capturé Matt! Heureusement que Gabumon l'a attaqué en frappant sa queue visqueuse!

T. K. ne se doutait pas de ce que Devimon lui réservait au parc d'amusement. Il croyait y trouver Matt. Devimon a attrapé Patamon par les oreilles avant qu'on lui coure après!

Patamon a toujours eu du mal à digivoluer, mais il a enfin réussi et s'est retrouvé face au diabolique Devimon!

« Il faut que je parte. Mais on se reverra! »

Une fois, pendant qu'on traversait le tourbillon pour rentrer dans le monde réel, Patamon a digivolué en Angemon pour aider WereGarurumon à combattre le puissant et abominable Myotismon. On a fini par s'en débarrasser... mais pour combien de temps?

Mojyamon, cette méchante créature poilue en forme de montagne, nous a presque précipités du haut d'une falaise, mais Gabumon a digivolué en Garurumon et s'est emparé brusquement de l'os de Mojyamon pour lui en asséner un coup sur la tête!

C'est incroyable ce qu'un petit Digimon comme Patamon peut faire contre une grosse créature comme Leomon, dont le corps contient une Force noire!

Garurumon se frotte à Tuskmon pour protéger Kari, la petite sœur de Tai.

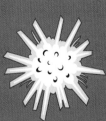

POURQUOI LE EST-IL SUPER?

Matt adore jouer de l'harmonica avec Gabumon.

DIGIMONDE

Le Village primaire!

- Là où les Digibébés éclosent!
- Elecmon, leur nounou, les nourrit avec des poissons!
- Les Digibébés se forment dans des œufs multicolores!
- On peut faire éclore les Digiœufs en les frottant doucement.
- Au début, les Digibébés ressemblent aux autres Digimon, puis ils changent à mesure qu'ils grandissent et qu'ils digivoluent!

T. K. ne peut plus se passer de son meilleur ami Patamon.

LES
DU DIGIMONDE

Matt aime bien Tai, qui est probablement son meilleur ami, mais parfois, il lui tombe vraiment sur les nerfs! Ils ne sont jamais d'accord sur rien!

INCONVÉNIENTS

On déteste aussi...

• le temps pourri!

• les abominables moyens de transport!

Et les braillards! Non seulement T. K. pleure, mais son Digimon aussi!

LES DIGIMON
MALÉFIQUES

« On va commencer par séparer les enfants de leurs parents. Ah, comme ils vont crier et pleurer! Formidable! »
— Myotismon

Après avoir traversé le tourbillon qui nous mène au monde réel pour combattre les méchants Digimon que Myotismon a laissé passer, nous retournons dans le Digimonde. Là, nous découvrons qu'il est dirigé par une énorme bande de Digimon encore plus puissants et diaboliques.

« Bientôt, le feu et la glace feront place au brouillard, et ce monde sera à moi. »
— Myotismon

Myotismon

ouvre les portes du monde réel, laissant passer les forces du mal!

Puppetmon

essaie d'embobiner tous les enfants pour devenir le maître du Digimonde!

Cherrymon

essaie de convaincre Matt de se battre contre Tai!

Phantomon

a reçu l'ordre de Myotismon d'attirer tous les humains dans la ville et de les garder en otage!

L'AMOUR FRATERNEL

C'est bien d'avoir un grand frère sur qui on peut compter quand on se sent perdu et effrayé.

Quand on est tous ensemble avec nos Digimon, Patamon et Gabumon, ah! que la vie est belle! Mais dans le monde réel, on ne peut pas vivre ensemble avec nos parents. Quel dommage!

Je garde un souvenir fabuleux de la fois où nous avons campé et mangé les poissons que nous avons pêchés (même si Matt a été un peu embêté).

Matt se souvient encore d'avoir pris soin de T. K. lorsqu'il était bébé.

C'est vraiment super d'avoir un frère avec qui on peut partager la joie d'une victoire!

« Gabumon, va te coucher à côté de mon frère... ta fourrure me fait transpirer. »
— Matt
« Merci, Matt. »
— T. K.

GABUMON ET VRAIMENT COOLS!

Personne ne peut savoir à quel point Gabumon et Patamon prennent soin de nous. Patamon aide T. K. à se sentir en sécurité et à ne pas avoir peur. Gabumon garde son calme quand Matt est sur le point de perdre la tête.

PATAMON SONT

Gabumon et Patamon feraient n'importe quoi pour nous! Un jour, Matt était complètement gelé; Gabumon a enlevé sa fourrure et en a recouvert Matt pour le réchauffer!

Patamon a appris à T. K. tout ce qu'il faut savoir sur les Digibébés!

Myotismon ordonne à deux de ses acolytes, Pumpkinmon et Gotsumon, de saccager le monde réel, mais nos Digimon ont tôt fait de les convaincre de se payer du bon temps! Les bons Digimon se font facilement des amis... comme la fois où T. K. et Patamon ont séjourné dans le Village primaire et ont rencontré tous les Digibébés!

Gabumon a bien protégé Kari, la sœur de Tai, durant l'un de nos séjours dans le monde réel.

Gabumon est vraiment un bon ami. Il sait quand Matt a besoin de se retrouver seul pour un moment.

LE SAURIS-TU?

- Gabumon est un Digimon Reptilien.

- Patamon est un Digimon Mammifère.

- Garurumon, le niveau Champion de Gabumon, est un Digimon Mammifère.

- Angemon, le niveau Champion de Patamon, est un Digimon Angélique.

- L'arme de Gabumon est le HURLEMENT TONNERRE.

- Quand Garurumon digivolue pour passer au niveau Ultime, il devient WereGarurumon, dont l'arme est sa GRIFFE DE LOUP.

- WereGarurumon est un Digimon Animal.

- Patamon ne digivolue pas en Angemon très souvent, parce qu'il sait que T. K. a besoin de lui sous sa forme Mammifère pour le réconforter et le sécuriser.

- La fourrure de Gabumon est amovible!

GARURUMON ET LA LOI!

Quand Patamon digivolue pour passer au niveau de Champion, oh là là, quel spectacle! Il devient Angemon, un majestueux Digimon Angélique qui possède un grand pouvoir sur le Bien et le Mal. Angemon apparaît seulement lorsqu'on a besoin de lui de toute urgence!

La Dinoflamme Bleue de Garurumon est légendaire, tout comme sa fourrure, qui est dure comme l'acier. Tentomon a déjà comparé Garurumon à « une torpille grondante ».

ANGEMON FONT

Patamon a digivolué pour la première fois en Angemon pour combattre Devimon. Il s'est tellement servi de sa force, que lorsque le combat s'est terminé, Angemon est redevenu un Digiœuf.

« Angemon, faut-il le capturer? » —WereGarurumon

Garurumon digivolue en WereGarurumon!

Un Garurumon en métal et un Greymon guerrier remportent un combat contre un **VenomMyotismon!**

Les habitants du monde réel n'en croient pas leurs yeux lorsqu'ils aperçoivent ces Digimon Champions!

PEUT-ON PROTÉGER LE MAL?

Parfois, on dirait que, même si on les combat sans cesse, les Digimon diaboliques deviennent de plus en plus puissants.

LA TERRE CONTRE

Myotismon possède l'emblème de Kari, la huitième enfant digidestinée, et il semble déterminé à la capturer.

Il envoie quelques méchants monstres dans le monde réel pour y faire des ravages.

Pendant ce temps, nous devons protéger Kari, la gentille petite sœur de Tai. J'espère bien qu'on pourra la sauver des griffes de Myotismon.

QUI SAIT CE QUI VA ARRIVER?

Eh bien, tant que nous serons des frères, nous poursuivrons cette aventure ensemble!

MESSAGE DIGISECRET*
*Pour le lire, tiens-le devant un miroir.

La huitième enfant digidestinée est Kari, la sœur de Tai.

48